Karl-Heinz Weise
Graf Bettel und seine Dienstherren

Göttinger Schreibschrift-Bücher

Illustriert von Hans Arlart

1. Auflage 1974: 15 000

ISBN 3 439 00538 0

Karl-Heinz Weise

Graf Bettel
und
seine Dienstherren

Die Erlebnisse eines Hundes

W. Fischer-Verlag, Göttingen

Inhalt

Abschied vom Bauernhof

Auf einem Bauernhof lebte einmal ein alter braver Hund, ein Setter, der „Graf Bettel" genannt wurde. Viele Jahre lang hatte er seinem Herrn treu gedient. Nun war ein junger Hund auf den Hof gekommen, und Graf Bettel kam sich recht überflüssig vor.

Tag für Tag lag er hinter der alten Scheune und dachte über sein Leben nach. „Auf dem Bauernhof gibt es nichts mehr für mich zu tun", überlegte er eines Tages. „Es ist wohl das beste, wenn ich in die Ferne ziehe und mir eine neue Arbeit suche."

5

Traurig schaute Graf Bettel in die Runde. Es war aber gerade Frühling geworden, da fällt es niemandem schwer, auf die Wanderschaft zu gehen. Unbeschwert zogen die Wolken über den Bauernhof dahin, und die Frühlingsluft war mild und rein. In den Bäumen sangen die Vögel, und als Graf Bettel zur stillen Dorfstraße hinüberschaute, da erschien sie ihm plötzlich ganz anders als sonst.

„Die Dorfstraße wird mich in die weite Welt hinausführen!" rief Graf Bettel freudig aus. Er sprang von seinem Ruheplatz auf, dehnte und reckte sich noch einmal und kroch dann durch den morschen Garten-

6

zaun. Gleich hinter der Dornen-
hecke führte die Straße vorbei, und
in der Ferne begann ein schöner
Tannenwald.

Vergnügt lief Graf Bettel dem
Wald entgegen. „Um meine neue
Arbeitsstelle mache ich mir keine

sorgen", dachte er bei sich. „Irgend-
eine Beschäftigung wird sich schon
finden. Und wo es Arbeit gibt, da
wird auch ein Napf voll Futter für
mich übrig sein."

„Hallo, lustiger Geselle! Wohin so
eilig an diesem wunderschönen
Frühlingstag?" rief da irgendwer.
Ein Wandersmann war es, der den

gleichen Weg vor sich hatte wie Graf Bettel. „Laß uns gemeinsam durch die schöne Welt streifen", fuhr der Wandersmann fort, als er neben Graf Bettel herging. „Gemeinsames Wandern bringt doppelte Freude und noch manch anderen Vorteil."

„Das ist nett von dir, mich einzuladen", antwortete Graf Bettel

höflich. „Ich bin gerade dabei, mir eine neue Arbeitsstelle zu suchen, irgendwo auf einem Bauernhof. Für eine Weile können wir aber zusammen in die weite Welt hinauswandern."

„Arbeiten willst du?" rief der Wandersmann erschrocken. „Zum Arbeiten ist die Frühlingszeit viel zu schön. Ich kann dich aber in meine Dienste nehmen, dann hast du immer satt zu essen, und ein klein wenig Arbeit hast du auch."

So waren sich die beiden gleich einig geworden, der arme Hund und der Wandersmann, und sie wanderten gemeinsam auf der ruhigen Landstraße weiter.

10

Erlebnisse mit dem Wandersmann

Um die Mittagszeit kamen sie an einen schönen Tannenwald, dort war es noch stiller als zwischen den Feldern und Wiesen. Die Landstraße führte mitten durch den Tannenwald hindurch. Geheimnisvoll knarrten die alten Bäume, in den Wipfeln wisperte der milde Frühlingswind, und da und dort raschelte es im welken Laub. Der Wandersmann summte ein Lied vor sich hin, das er sich selbst ausgedacht hatte:

11

„Die Winterszeit ist nun vorbei,
ab heute bin ich sorgenfrei.
Sonnenschein und Blütenduft
wandern mit mir durch die Luft.

Bald beginnt die Sommerszeit,
darauf freu ich mich schon heut.
Im frischen Heu schlafe ich ein,
der Himmel wird mein Zeltdach sein.

Auf einer Waldlichtung ruhten
sich die beiden Wanderer aus. Der
Wandersmann setzte sich auf einen
großen Feldstein, Graf Bettel legte
sich ins weiche Moos. In der Nähe
floß ein klarer Bach vorbei, an dem
man ganz umsonst seinen Durst
löschen konnte.

„Nun wollen wir beide eine gute
Mahlzeit halten!" rief der Wandersmann. „Wer wandert, der braucht
dann und wann etwas Kräftiges
für seinen Magen, sonst bringt
die Wanderschaft keine Freude. Und
du mit deinen vier Beinen, du
brauchst die doppelte Portion.
Lang nur zu, mein Freund, der Tag
ist noch nicht vorbei, gleich müssen

13

wir wieder tüchtig marschieren."
Damit schnitt er ein ordentliches
Stück von einer guten Räucher-
wurst herunter und legte es Graf
Bettel vor die Pfoten.

Nach einer Ruhepause wanderten
die beiden weiter. Sie schritten tüchtig aus, weil sie erst ein ganz kleines

Stückchen von der großen Welt gesehen hatten. Ab und zu blieb der Wandersmann stehen, nahm einen Zweig in die Hand, schaute prüfend auf Knospen und Blattspitzen und weissagte einen langen und warmen Sommer.

„Ein schöner warmer Sommer – das wäre ganz und gar nach meinen Wünschen", murmelte der Wandersmann beim Weitergehen. „Der nächste Winter kommt nämlich sowieso, und je später er kommt, desto angenehmer ist es für uns beide."

Gegen Abend führte die Landstraße durch ein kleines Dorf. Auf den Feldern waren die Bauern noch immer fleißig bei der Arbeit. Der Wandersmann suchte ein Haus aus, in dem nichts von Menschen zu hören und zu sehen war. Der Hofhund lag in seiner Hütte und schlief.

„Hier scheint niemand zu Hause zu sein", flüsterte der Wandersmann. „Ich werde deshalb nach der Räucherkammer Ausschau halten. Du bleibst draußen stehen, und wenn jemand kommt, dann bellst du tüchtig. Das ist deine Arbeit. Dann und wann werden wir auch mal flink laufen müssen, wenn statt Räucherwürsten Knüppelhiebe verteilt werden. Richte dich darauf ein, mein Freund."

16

Nach diesen Worten huschte der
Wandersmann durch ein offenes
Fenster, während Graf Bettel mit
gefurchter Stirn vor dem Bauern-
haus Wache hielt. „Mein neuer
Dienstherr ist wohl einer von der
Sorte, die einen großen Bogen um
die Polizisten machen und um die
Arbeit ebenfalls!" murmelte er vor
sich hin.

Bald darauf tappte der Wandersmann wieder aus dem Haus heraus.
Lustig vor sich hinpfeifend, spa-
zierte er mit Graf Bettel durch das
Dorf und dahinter noch ein Stückchen weiter. Ein Weilchen später
entdeckten sie eine alte Feldscheune,
zu der ein schmaler Pfad führte.
In der Scheune stand ein Leiterwa-
gen, und der Heuboden war noch
reichlich gefüllt. Da und dort ra-
schelten Mäuse im Heu, und auf
den Dachbalken zirpten Schwal-
ben und Spatzen. Auf dem Kutschbock des Leiterwagens hielt der
Wandersmann seine Abendmahl-
zeit, und Graf Bettel durfte tüchtig
zupacken.

Nach der Mahlzeit nahm der
Wandersmann seinen Gefährten
auf die Schulter und stieg mit ihm
die Leiter zum Heuboden hinauf.
Unterwegs leckte sich Graf Bettel
die Lippen, denn Wurst und Brot
und Schinken hatten fein geschmeckt.
„Nun habe ich eine gute Arbeitsstelle gefunden und einen freund-
lichen Dienstherrn dazu", überlegte
er. „Nur ehrlicher müßte mein
neuer Dienstherr sein."

Oben auf dem Heuboden krochen
die beiden ins weiche Heu, und bald
darauf schliefen sie satt und zufrieden ein. Als am nächsten Morgen in der Ferne die Hähne riefen,
drehten sich Graf Bettel und sein

Dienstherr auf die andere Seite und schliefen weiter. Erst als die warmen Strahlen der Morgensonne durch die Fugen der Scheune schienen, kroch der Wandersmann gähnend aus dem Heu hervor und kämmte sich mit fünf Fingern seine langen Haare.

„Die Morgensonne ist der angenehmste Wecker", belehrte er seinen Wandergefährten. „Sie macht keinen Lärm, und sie weckt auch nicht zu früh, was sehr ungesund ist, zumindest für mich." Nach dieser Rede schulterte der Wandersmann seinen Gefährten und stieg die Leiter wieder hinab.

Hinter der Feldscheune stand eine Regentonne, bis zum Rand gefüllt mit kaltem Regenwasser. Der Wandersmann seufzte laut auf. „Da siehst du wieder, wie schwer wir Menschen es haben", sagte er. „Nun muß ich mich gründlich waschen, was du als Hund überhaupt nicht nötig hast."

Zitternd knöpfte der Wandersmann seine zerfranste Joppe zu, band seinen alten Schal fester um den Hals und drückte den verbeulten Schlapphut tiefer ins Gesicht, ehe er Finger und Nasenspitze ins Wasser tauchte. Danach schwenkte er Kopf und Hände hin und her, um die Wassertropfen abzuschütteln. Nun war die schlimme Wascherei überstanden, der Wandersmann legte sein Bündel auf die Schulter, und dann ging die Reise weiter.

Graf Bettel findet einen neuen Herrn

Hinter dem nächsten Dorf kamen
sie an einer großen Wiese vorbei,
auf der viele Hühner umherspazierten. „So, nun zeig, was du
kannst!" rief der Wandersmann
und kraulte Graf Bettel hinter den
Ohren. „Einen hungrigen Magen
und Streichhölzer habe ich schon,
Reisigholz werden wir gleich am
Wegrand finden, nun fehlt uns nur
noch der feine Braten. Spring
schnell auf die Wiese und hol uns
ein fettes Huhn!"

Graf Bettel wurde sehr traurig,
als er das hörte, denn er hatte in

seinem ganzen Leben noch keinem
Huhn etwas zuleide getan. Deshalb
lief er, ohne sich noch einmal um-
zudrehen, an den Hühnern vorbei
quer über die Wiese und auf der
anderen Seite wieder durch den Zaun
hindurch. Dahinter begann ein
Feld mit Wintergetreide, dort sprang
Graf Bettel hinein und duckte sich.
Erst eine Weile später blinzelte er
vorsichtig durch die Getreidehalme
und schaute zu dem Wandersmann
hinüber. Der schüttelte die Faust
und wanderte allein weiter.

Betrübt kam Graf Bettel aus dem Getreidefeld hervor und lief auf einem schmalen Feldweg weiter. Neben dem Weg floß ein Bach, der gluckerte und rauschte und wanderte fröhlich in die Ferne. Graf Bettel probierte von dem Wasser, das löschte wohl seinen Durst, den Hunger aber stillte es beileibe nicht.

Ganz in traurige Gedanken versunken, tappte Graf Bettel weiter und merkte gar nicht, daß ihm ein Förster entgegenkam. Der drehte seinen Kopf nachdenklich zur Seite und schaute Graf Bettel prüfend an. „Das hier ist ein heimatloser Tagedieb", dachte der Förster bei sich. „Ich werde ihn mit nach Hause neh-

26

men. Wenn er sich ein wenig nütz-
lich macht, dann soll sein Futter-
napf stets gut und reichlich gefüllt
sein."

„Komm mit!" rief der Förster und
klopfte Graf Bettel freundlich auf
den Rücken. „Du brauchst keine
Angst vor mir zu haben, es wird
dir nichts Böses geschehen."

Graf Bettel wendete sich um und lief geduldig neben dem Förster her. Dann und wann schaute er zu ihm auf, denn ein wenig fürchtete er sich doch vor ihm. Als jedoch nach einer Weile das schöne Försterhaus vor ihnen auftauchte, da waren seine trüben Gedanken schnell vergessen.

„Von heute an haben wir einen hungrigen Gesellen mehr in der Stube", rief der Förster in die Küche hinein. „Deshalb rate ich, gleich einen größeren Topf auf den Ofen zu setzen."

Die Förstersfrau richtete sogleich ein Lager her und vergaß auch nicht, einen Napf voll Futter daneben zu stellen. „Ach ja, brummelte

Graf Bettel zufrieden, als er sich nach der Mahlzeit lang ausstreckte, „solch ein feines Leben lasse ich mir jederzeit gefallen. Ich bin ein rechter Glückspilz, wie mir scheint."

Zufrieden klappte er die Augen zu. Mitten in der Nacht jedoch, als Mond und Sterne noch deutlich zu erkennen waren, weckte der Förster ihn schon wieder auf. „So, mein Freund, nun geht es auf die Pirsch!" rief er. „Die vierte Morgenstunde hat für den Jäger Gold im Munde. Spring auf deine Pfoten, den ersten Hahnenschrei wollen wir uns draußen anhören."

Verwundert schüttelte sich Graf Bettel den Schlaf aus dem Leibe, seufzend tappte er hinter dem Förster her. Draußen lag noch die nächtliche Kälte über dem Erdboden. Grashalme und Blätterwerk streiften über Graf Bettels Fell und sorgten dafür, daß er bald munter wurde.

„Mein neuer Dienstherr hat furchtbar ungemütliche Angewohnheiten", dachte er griesgrämig. „Warum wandert er ausgerechnet durch den Wald, wenn es im Bett am schönsten ist? Der Wandersmann war ein richtiger Langschläfer, das hat mir besser gefallen."

Von all seinen Gedanken ließ sich Graf Bettel aber nichts anmerken. Geduldig lief er neben dem Förster

her und wedelte ab und zu mit dem
Schwanz. Auf dem Heimweg aber

sprang er ein paar Schritte voraus,
so sehr freute er sich auf das schöne
Försterhaus.

Die Dienstzeit im Försterhaus

Mit der Zeit gewöhnte sich Graf Bettel an das Frühaufstehen. Wer bei einem tüchtigen Förster in Diensten steht, der muß zeitig aus den Federn, daran läßt sich nichts ändern.

Viel schöner als die Pirsch am frühen Morgen war es am Mittwoch; dann durfte Graf Bettel ein paar Stunden länger schlafen. Jeden Mittwoch ging der Förster nämlich zu den Waldarbeitern hinaus, um dort nach dem Rechten zu sehen. Danach besichtigte er die Schonungen, dort wuchsen viele

32

kleine Tannen und Kiefern zu einem neuen Wald heran.

Am Mittwochabend zog der Förster seine graue, frisch gebügelte Hose an und die schöne grüne Joppe mit den geschnitzten Hirschhornknöpfen. Und dann, nach dem Abendessen, durfte Graf Bettel gemeinsam mit dem Förster ins Dorfgasthaus gehen. Rund um den Stammtisch saßen der Dorflehrer, der Apotheker, der Bürgermeister und der Dorfpolizist. Der Förster erzählte gerne von seinen Erlebnissen draußen im Wald. Viele Pausen mußte er zwischendurch einlegen, man kann nämlich nicht gut reden, wenn man sein Bierglas leertrinkt.

„Tja – da hilft kein Sträuben, das Bier muß getrunken werden, solange der Schaum über den Rand schwappt", entschuldigte sich der Förster, und alle anderen Männer nickten jedesmal verständnisvoll.

Nach dem Biertrinken wischte sich der Förster stets mit dem Handrücken über den Mund. Danach fuhr er fort, von seinen Rehen und

34

Hirschen, Wildsauen und Hasen und all den anderen Tieren zu erzählen. Mausestill war es dann in der Gaststube.

Gegen Mitternacht oder etwas später klopfte der Älteste der Stammtischrunde auf die dicke Eichenplatte, das war das Zeichen zum Aufbruch. Auch Graf Bettel kroch dann aus der Ofenecke hervor und schüttelte sich den Tabaksqualm aus dem Fell. Auf dem Heimweg war der Förster stets lustig und gut aufgelegt. Manchmal sang er sogar ein Lied, das handelte natürlich vom Wald und von der Jagd, wie es sich für einen Förster gehört.

Begegnung mit dem Fuchs

An einem Morgen im Herbst nahm der Förster seinen Rucksack mit auf die Pirsch. „So, mein Lieber, heute wirst du warme Pfoten bekommen", meinte er unterwegs zu Graf Bettel. „Heute wollen wir Hasen jagen, richte dich darauf ein."

Graf Bettel brabbelte nur vor sich hin, denn er hatte noch keine Hasenjagd miterlebt. Unterdessen hielt der Förster Ausschau nach einem dicken Hasen. Und plötzlich gab es einen lauten Knall, wie Graf Bettel ihn noch nie vernommen hatte. Vor Schreck sträubte sich

36

sein Fell, dann aber sauste er los,
sprang über die nächste Lichtung
hinweg und in einen schmalen
Waldpfad hinein, wo er zitternd
wieder zu Atem kam.

„Das ist zuviel für mich", jammerte er, „diese schreckliche Knallerei halte ich nicht aus! Sofort werde ich weiterwandern und einen neuen Dienstherrn suchen, bevor der Winter beginnt."

Vorsichtig schlich Graf Bettel weiter durch den Wald, bis er einen Feldweg erreichte. Den ganzen Tag über blieb er auf den Beinen, denn er wollte nicht noch einmal vom Förster eingefangen werden. Trotzdem dachte er noch oft an das Försterhaus zurück und an die Förstersfrau, die ihn immer mit gutem Futter versorgt hatte.

„Habe ich zwei Dienstherren gefunden, dann werde ich auch noch

den dritten finden", sagte sich Graf
Bettel. „Nur den Mut nicht ver-
lieren!"

Am Nachmittag durchquerte er
einen kleinen Wald. Ganz still war
es dort, nur ein schmaler Bach
gluckerte emsig über Baumwur-
zeln und Steine in die Ferne. „Hier
werde ich mich ein wenig ausruhen", beschloß Graf Bettel auf einer
schattigen Waldlichtung. „Eine kur-
ze Pause kann mir nicht schaden,
hinterher geht es dann um so
schneller."

Nicht lange darauf raschelte es
plötzlich im Gebüsch. „Was willst
du hier in meinem Revier?" knurrte
ein Fuchs und zeigte die Zähne.

„Ich bin auf der Wanderschaft und wollte mich nur etwas ausruhen", erwiderte Graf Bettel höflich

„Hm", machte der Fuchs, „das klingt schon besser. Willst du mein Gefährte sein? In meiner Höhle ist reichlich Platz für dich, und nicht weit von hier weiß ich ein paar Bauernhöfe mit Enten, Gänsen, Hühnern und anderen Tieren. So manche fette Beute können wir uns dort holen."

40

„Bis jetzt war ich immer ehrlich und friedlich, und so möchte ich auch bleiben", sprach da Graf Bettel. Nach diesen Worten reckte und streckte er sich und tappte auf den Waldweg zurück. Dort wanderte er weiter in die Ferne, bis die Sonne weit im Westen glutrot versank.

Beim alten Trödler

Zu dieser Zeit kam er an einem
kleinen Haus vorbei, in dem ein
alter Trödler wohnte. Unter einem
Schuppendach lagen Stoffabfälle,
Altpapier und andere Abfälle,
dort suchte Graf Bettel eine ge-
schützte Stelle für die Nacht.

Am anderen Morgen kam der
Trödler in den Schuppen und entdeckte den fremden Hund. „Du bist
zwar recht dreist", meinte er nachdenklich, „wir können aber trotzdem gute Freunde werden." Nach
diesen Worten führte er Graf Bettel
über den Hof und in seine Küche.

42

Dort suchte er Speisereste zusammen, bis eine große Blechschüssel damit gefüllt war. Daneben stellte der Trödler einen Napf voll Milch.

Jetzt stand also Graf Bettel bei dem alten Trödler in Arbeit. Jeden Morgen, die Sonntage natürlich ausgenommen, spannte der Tröd-ler sein kleines Pferd Marko vor den Wagen und fuhr durch die

Dörfer der Umgebung. Das ging langsam und bedächtig. Unterwegs kramte er eine abgewetzte Blechflöte aus seiner Joppentasche und spielte lustige Lieder. Marko, das kleine Pferd, wackelte mit den Ohren den Takt dazu und wieherte, wenn der Trödler einen falschen Ton erwischte.

Oft ging der Trödler mit seinen Kunden in den Keller hinunter oder auf einen Hinterhof. Während dieser Zeit mußte Graf Bettel den Wagen bewachen und alle Dinge, die darauf lagen. Wenn jemand dem Wagen zu nahe kam, dann zeigte er die Zähne und knurrte böse, davor hatten die Leute Respek

Vor Marko dagegen fürchtete sich niemand, nicht einmal die Spatzen.

Schön war es am Abend, wenn es wieder heimwärts ging. Dann saß Graf Bettel neben dem Trödler auf dem Kutschbock und schaute stolz nach vorn. Fröhlich trabte Marko seinem Stall entgegen. Die Hufe an seinen kurzen Beinen klapperten flink über Feldwege und Landstraßen, die Wagenräder schnurrten und surrten, und der Wind kitzelte Graf Bettel an Nase und Ohren.

Zu Hause machte es sich Marko im warmen Stall bequem. Graf Bettel lief gleich nach dem Abendessen zu ihm hinüber. Neben Mar-

ko hatte der Trödler ein Schlafla-
ger für Graf Bettel hergerichtet,
das war weich und warm, und
obenauf lag sogar ein abgewetzter
alter Pelzmantel mit Rissen und
Löchern.

46

„Ein guter Tag war es heute für mich", erzählte Marko. „Nur etwas Altpapier und ein Sack Lumpen lagen auf dem Wagen, da fällt mir die Arbeit nicht so schwer. Und morgen ist Sonntag, dann bekommen wir unser Futter umsonst. Wir sind zu beneiden, meinst du nicht auch?"

„Aber gewiß sind wir zu beneiden", antwortete Graf Bettel. „Besonders ich, denn ich habe nichts anderes zu tun, als gelegentlich meine Zähne zu zeigen und zu knurren."

Am folgenden Morgen beschloß Graf Bettel, ein wenig spazieren zu gehen. „Heute ist ein sonniger

Herbsttag", sprach er zu Marko. „Ich werde einen Ausflug unternehmen. Wenn ich zurückkomme, werde ich dir ausführlich erzählen, was ich draußen erlebt und gesehen habe."

Fröhlich kroch Graf Bettel durch die Hecke. Dahinter führte ein Feldweg vorbei, auf dem Leute in Sonntagskleidern umherspazierten. Auf

den Feldern duftete Kartoffelkraut,
und Krähenschwärme flogen
schwerfällig über die Äcker. Der
Winter war nicht mehr fern.

49

Traurige Zeit im Hundezwinger

„Aha, dort läuft ein herrenloser Hund!" murmelte bald darauf ein Mann vor sich hin. „Und reinrassig scheint er auch zu sein. Damit ließe sich vielleicht ein Geschäft machen."

Schnell zog der Mann ein Butterbrot aus seiner Manteltasche und hielt es Graf Bettel lockend vor die Nase. Graf Bettel blickte mißtrauisch zu dem fremden Mann auf, der aber band sofort einen Strick um Graf Bettels Hals, zog ihn hastig mit sich fort und sperrte ihn in einen dunklen, schmutzigen Stall.

50

Am nächsten Morgen kam der
Hundefänger mit einer Leine und
einer Bürste in den Stall. „Wehe, du

beißt mich!" drohte er, als Graf Bettel knurrte und bellte. „Wenn du
mich beißt, werde ich dich verprü-
geln." Darauf bürstete er Graf Bettel, hakte die Leine ins Halsband,

zog ihn in ein Auto und fuhr in eine Nachbarstadt. Und als es Abend geworden war, da hatte er Graf Bettel an eine Familie verkauft, die einen billigen Wachhund suchte.

Tag für Tag, den ganzen Winter hindurch, hockte Graf Bettel nun traurig in einem kleinen Hundezwinger. Niemand kümmerte sich um ihn, nur einmal am Tag wurde eine Schüssel mit Hundefutter und ein Napf voll Wasser unten durch das Gitter des Zwingers geschoben.

Als der Frühling ins Land zog, dachte Graf Bettel voller Sehnsucht an seine Erlebnisse zurück. Der lustige Wandersmann kam ihm in den Sinn, der Förster und dessen Frau, und zuletzt der alte Trödler und Marko, das kleine Pferd mit den kurzen Beinen. „Überall war es schön", dachte Graf Bettel bekümmert, „viel schöner als hier."

Eines Tages trat der Hausherr an den Hundezwinger heran und schaute Graf Bettel prüfend an. „Als Wachhund kann ich ihn nicht mehr gebrauchen", überlegte er. „Am besten ist es, ich lasse ihn laufen. Mag er zusehen, wo er bleibt."

Graf Bettels neue Heimat

Am nächsten Morgen entdeckte
Graf Bettel, daß die Tür des Hunde-
zwingers offenstand. „Nun bin
ich alt und schwach und zu nichts
mehr nütze", dachte er traurig.
„Noch einmal will ich auf die Wanderschaft gehen und einen neuen
Dienstherrn suchen."

Schwerfällig humpelte er aus dem
Zwinger heraus, dehnte und reckte
sich, wie es seine Angewohnheit
war, und suchte einen Weg, der aus
der Stadt herausführte. Auf dem
stillen Feldweg strahlte die Sonne
gleich heller und wärmer. Am We-

gesrand saßen Heupferdchen und
musizierten, ringsherum sammel-
ten Bienen den ersten Honig ein,

und über den Feldern kreisten Ler-
chen und sangen von der schönen
Sommerszeit, die nun bald beginnen
würde.

Um die Mittagszeit führte der
Weg über einen schmalen Fluß.
„Etwas Wasser könnte mir nicht
schaden", überlegte Graf Bettel und
tappte die Böschung hinab. Nach
dem Trinken legte er sich ins warme Ufergras. Plötzlich hörte er laute

56

und aufgeregte Stimmen, sie kamen von der Brücke her. Verwundert schaute Graf Bettel in den Fluß
hinunter und entdeckte ein kleines
Mädchen, das mit den Wellen da-
vontrieb.

Auf der Brücke liefen Menschen hin und her, Autohupen ertönten, ein paar mutige Männer kletterten über das Brückengeländer, sprangen die Böschung hinab und hasteten zum Flußufer hinunter. Unterdessen wurde das Kind von den Wellen mitgerissen und von der Strömung unter Wasser gezogen. Graf Bettel sprang von seinem Ruheplatz auf und lief zum Fluß, so schnell ihn seine alten Beine trugen. Schwimmen konnte er wie alle Hunde, deshalb sprang er ohne zu zögern ins Wasser und schwamm zum kleinen Mädchen hinaus. Schnell verbiß er sich in dessen Kleidung, und dann brachte er das Mädchen zum Ufer zurück.

„Das war Rettung im letzten
Augenblick", flüsterte der Vater
des kleinen Mädchens. „Der brave
Hund hat unsere Tochter gerettet,
daran ist nicht zu zweifeln."

In Wolldecken eingewickelt, wurde das kleine Mädchen zum Auto
hinaufgetragen, und Graf Bettel
ebenfalls. „Und jetzt geht es auf dem
schnellsten Weg nach Hause!" rief
der Vater. „Den braven Hund nehmen wir mit. Er scheint niemandem
zu gehören, weil er keine Hunde-

marke an seinem Halsband trägt.
Schade, daß wir seinen Namen
nicht wissen."

„Wir denken uns einen neuen Namen für ihn aus", meinte die Mut-
ter. „Der brave Hund hat unser
Kind vor dem Ertrinken gerettet,
das ist die Hauptsache."

Ja – und so hat Graf Bettel doch
noch eine neue Heimat gefunden.
Das kleine Mädchen ist nun sein
allerbester Freund. Auch mit sei-
nem neuen Namen kann Graf
Bettel zufrieden sein: nun heißt er
„Prinz", das ist viel mehr als ein
Graf.

BUNTE SCHREIBSCHRIFT-BÜCHER

für Mädchen und Jungen

mit vielen bunten Bildern im Offset-Mehrfarbendruck

W. FISCHER-VERLAG · GÖTTINGEN

BUNTE GÄNSELIESEL-BÜCHER

in großer Schrift
mit vielen bunten Bildern
im Offsetdruck

W. FISCHER-VERLAG · GÖTTINGEN

Mit vollen Segeln auf der bunten Welle

96 S., 17 Bilder, davon 9 bunt

96 S., 53 Bilder, davon 31 bunt

96 S., 66 Bilder, davon 34 bunt

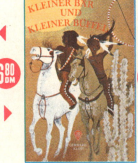

96 Seiten, 55 Bilder, davon 19 bunt

128 S., 26 Bilder, davon 10 bunt

96 Seiten, 82 Bilder, davon 27 bunt

80 Seiten, 27 Bilder, davon 12 bunt

128 S., 25 Bilder, davon 13 bunt

96 Seiten, 44 Bilder, davon 12 bunt

Bunte Bilder machen Kinderbücher noch wertvoller